AF563248

FIESTA DE PIJAMAS EN EL ZOOLÓGICO

Brenda Kearns

Library and Archives Canada Cataloguing in Publication

Kearns, Brenda, 1963-
[Sleepover zoo. Spanish]
Fiesta de pijamas en el zoológico / Brenda Kearns.

Translation of: Sleepover zoo.
Issued in electronic format.
ISBN 978-1-927711-09-5 (pbk.)

I. Title. II. Title: Sleepover zoo. Spanish.

PS8571.E355S5318 2015 jC813'.54 C2014-908448-X

Copyright © Brenda Kearns, 2015.

Otros libros de Brenda Kearns:

El día que me lavé la cara en el inodoro
No hay nada malo con Claudia
Pericos y palomitas de maíz

English editions:

Home
The Day I Washed My Face in the Toilet
Sleepover Zoo
There's Nothing Wrong With Claudia
Parrots and Popcorn

Éditions françaises:

Le Jour où je me suis lavé la figure dans la cuvette
Pyjamazoo
Claudine ne fait jamais rien de mal
Pop-corn et perroquets

Este libro está dedicado a la traductora de español Beatriz Paganini, alguien a quien estimo por su conocimiento del idioma y su gran corazón. ¡Gracias por hacer posible este libro!

ÍNDICE

Capítulo 1

Almuerzo sorpresa

—*¿Qué es eso?* —gritó Leona. Todos los que estaban en el comedor se volvieron a mirarla.

Toni se sonrojó. Había intentado ocultar la bolsa de semillitas de color café dejándola caer disimuladamente en su regazo, pero Leona la había visto. Ahora, *todos* la estaban mirando. —Son semillas de linaza —murmuró—. Traje el almuerzo equivocado.

Toni se movió incómoda en su asiento, mientras todos continuaban mirándola insistentemente. "Supongo que esto sucede por ser nueva aquí", pensó. Le echó un vistazo al interior de su bolsa y suspiró. El sándwich estaba abajo de todo. Debería vaciar la bolsa por completo para sacarlo.

—A veces, mi papá les lleva comida a los pájaros donde trabaja —dijo Toni. Sacó una bolsa de semillas de girasol, y luego otra de calabazas. Una tercera bolsa contenía coco rallado. Volvió a meter la mano y extrajo una banana blanduzca, con la pulpa sobresaliendo por la cáscara ennegrecida.

¡No podía haber nada más vergonzoso que este almuerzo!

Por fin, logró sacar el sándwich. Tenía una gran hendidura en el medio, y la mayoría de la mermelada y la mantequilla de cacahuete salían por los costados.

Al parecer, podía haber algo que la avergonzara aún más.

—¡Qué asco! —dijo Leona. Sus amigas emitieron una risita tonta.

Si bien era sólo su tercera semana en la escuela primaria de Renforth, Toni ya sabía bastante acerca de Leona Sharp. Cuando Leona hablaba, las demás niñas prestaban atención. Cuando daba una fiesta —como la gran fiesta de pijamas que había dado hacía dos semanas— se daba por sentado que *todas* las niñas de la clase asistirían.

Jugueteando con uno de sus flamantes aretes de oro, Leona miró a Toni, y con una sonrisa de oreja a oreja, le preguntó: —Toni, ¿cuándo darás tu fiesta de pijamas? Quiero ver esa pajarera donde vives.

—No vive en una pajarera. —Meghan Brady se sentó junto a Toni y se enderezó los anteojos—. Sus padres administran el Centro de Atención Avícola. Ellos *cuidan* a los pájaros.

Toni le sonrió a Meghan, y luego miró su almuerzo. Meghan había puesto una galleta de copos de chocolate junto al sándwich aplastado de Toni.

—Gracias —susurró Toni. Meghan era su primera amiga en Renforth. Se habían prometido tomar siempre el almuerzo juntas.

—Pero tú viniste a *mi* fiesta —dijo Leona—. ¿Cuándo darás la tuya? —E inclinándose más hacia Toni, agregó: —¡Quiero ver la pajarera!

Meghan frunció el ceño. —No vive en una...

—El viernes —dijo Toni—. Daré la fiesta el viernes. Y no es una pajarera, Leona.

Leona miró a Toni con insistencia y le preguntó: —¿Quién más vendrá?

—Yo... mmm... —Toni carraspeó—. Deberé preguntarles a mis padres. No sé a cuántos puedo invitar.

Toni caminó de regreso a la clase con el ceño fruncido. Tenía la esperanza de que Leona la ignorara pero, al parecer, no tendría suerte. ¡Ahora Leona quería ir a su casa! ¿Y si pensaba que era rara? ¡Haría un terrible aspaviento!

—¡Oye, espera! —la llamó Meghan—. ¿De veras darás una fiesta de pijamas el viernes?

—Supongo. Si mis padres me dan permiso. Pero no debería haber abierto mi bocaza. La verdad es que no deseo que Leona vaya a mi casa.

Meghan se encogió de hombros. —Leona es una engreída —dijo—. A mí sí me gustaría ir. Aún no me has mostrado el Centro de Atención Avícola. ¡No puede ser *tan* malo!

Toni suspiró. Si Meghan sería su amiga, tarde o temprano debería ver los pájaros. —Bien, tengo cosas que hacer en casa después de clase. Es aburrido, pero puedes venir si lo deseas.

—¡Gracias! Tal vez pueda ayudarte.

Toni sonrió al mirar el suéter blanco, los pantalones de mezclilla nuevos, y el cabello prolijamente trenzado de Meghan. Su amiga nunca se ensuciaba.

—Si quieres ayudar, deberás usar mis pantalones viejos. Y guantes, para los ratones muertos.

Meghan reprimió un grito. —¿*Ratones* muertos?

—Bien, podría ser peor —dijo Toni, disimulando una sonrisa—. Si estuvieran vivos, ¡deberías correr tras ellos para atraparlos!

Capítulo 2

¡Eso no es normal!

Después del almuerzo, el Sr. Wentworth tomó una prueba sorpresa de matemáticas. Toni no lograba concentrarse.

"¿Por qué Leona insiste en venir?", pensaba, una y otra vez. "No quiere ser mi amiga. Estoy segura de que sólo lo hace porque es una metida."

"Tal vez mamá me dirá que el viernes es muy pronto", pensó. No. Ya había dicho que Toni podía invitar a sus amigos cuando quisiera.

"Tal vez a Leona no la dejarán venir el viernes." No. ¡Meghan dijo que Leona iba a *todas* las fiestas de pijamas!

—¡Antonina María Amadeo! ¿Cuánto tiempo piensas quedarte mirando ese papel?

Toni se sobresaltó y dejó caer su lápiz. "¿Por qué el Sr. Wentworth tenía que usar su nombre completo?", se preguntó Toni. Cada vez que lo hacía, todos los niños se reían.

—Lo siento, Sr. Wentworth —murmuró Toni.

Toni bajó la vista y miró su prueba. Sólo había completado la mitad de las preguntas.

El Sr. Wentworth le dio un vistazo a la hoja de Toni y frunció el ceño. —¡Antonina María! ¿Acaso tienes algún problema?

—Mmm... no —le respondió Toni. No tenía caso decírselo al Sr. Wentworth. Él no podía ayudar en nada.

El resto del día le resultó interminable. Toni cometió tantos errores en su prueba de ortografía que tuvo que pedir otra hoja. Para el momento en que había logrado escoger un tema para su proyecto de arte, ya no había tiempo para comenzar a trabajar en él.

Cuando sonó la campana, Meghan saltó de su asiento. —¡Vamos! ¡Debes mostrarme los pájaros!

Mientras se colocaban sus abrigos, Leona y otras tres amigas pasaron caminando junto a ellas. Leona se volvió hacia Toni con una sonrisa de oreja a oreja. —¿El viernes, verdad? —le preguntó. Pero no esperó la respuesta. Las cuatro continuaron caminando y susurrando entre ellas hasta que desaparecieron por el pasillo.

Negando con la cabeza, Meghan tomó a Toni del brazo y la empujó hacia la salida de la escuela.

—Dime que no *es cierto* que tienes ratones muertos, ¿verdad? —le preguntó.

—¡Ya lo verás! —le dijo Toni, sonriendo.

Una fiesta de pijamas sería divertido, siempre que los pájaros se comportaran, y a Leona le gustaran, y no le dijera a todo el mundo cómo era la casa de Toni...

Toni lanzó un suspiro. Esto era verdaderamente una pesadilla.

Afuera, el reflejo del sol contra el hielo y la nieve hicieron lagrimear a Toni. Entrecerró los ojos y se cubrió sus frías mejillas con la bufanda.

—¡Oye, caminemos sobre el hielo hasta tu calle! —gritó Meghan.

Doblaron en Montcalm Drive y subieron hasta lo alto de un banco de nieve. Desde allí, podían ver los jardines cubiertos con un grueso y resplandeciente manto blanco. La mayoría de los montículos de nieve eran más altos que las vallas.

Y lo mejor de todo era que, hasta donde Toni podía ver, la nieve estaba cubierta de hielo. ¡Si era lo suficientemente grueso, sería perfecto para patinar! ¡Montcalm Drive era ideal para deslizarse por la nieve!

—Ve tú primero —dijo Meghan.

Cautelosamente, Toni se paró sobre el primer jardín cubierto de hielo. Estaba resbaladizo. Luego dio un salto, al tiempo que una enorme bola de nieve se estrellaba contra uno de sus hombros. ¡Era Bruno, desde el otro lado del camino!

Bruno siempre decía que, como era su hermano, podía llamar a Toni como se le antojara. Pensaba que porque tenía quince años, podía darle órdenes y fastidiarla. Pero a veces él mismo se echaba la culpa de cosas que no le correspondían, sólo para que Toni no se metiera en problemas, y siempre la ayudaba con las tareas de matemáticas. Bruno era bueno.

—¡Hola, mocosita! ¿Finalmente decidiste invitar a Meghan a casa?

—Sí. ¿Conoces a Leona Sharp? Quiere quedarse a dormir en casa el viernes por la noche.

Bruno rio y le lanzó otra bola de nieve. Toni se agachó, y la bola se estrelló contra un arce.

—Buena suerte —dijo Bruno—. Me parece que es una arrogante.

—¿Qué les dirás a tus padres? —le preguntó Meghan, mientras deslizaba un pie hacia delante con cuidado para probar el hielo.

—No lo sé —le respondió Toni—. Leona *no puede* ver el Centro de Atención Avícola. Ella no tiene mascotas, y su casa es tan... bueno... ya sabes lo que quiero decir.

En la fiesta de Leona, las bolsas de dormir habían sido dispuestas en hileras ordenadas sobre el piso de su inmenso cuarto. Todos sus juguetes estaban perfectamente alineados sobre los estantes, y todos sus zapatos, perfectamente ordenados en el armario.

En su casa no había mascotas, ni pelusa acumulada, ni vajilla sucia ni marcas de huellas digitales por ningún lado. Era tan limpia que casi daba miedo.

Y además, Leona se aseguraba de que se mantuviera así. Tenía una de esas miniaspiradoras en su cuarto, y cuando algo se caía, lo limpiaba de inmediato. Leona había lavado toda la vajilla usada apenas habían terminado de ver la película, y su mamá había planchado todas las fundas de las almohadas antes de que se fueran a dormir. ¡Toni nunca había visto una casa tan perfecta!

—Creo que debes hacer la fiesta de pijamas. Si a Leona no le gusta tu casa, entonces que no regrese más.

—Lo sé, pero... —murmuró Toni—. ¡Un minuto! —exclamó, girando tan rápido que casi pierde el equilibrio—. Papá aún está terminando las alacenas de la cocina. Muchas de las cosas todavía están en cajas. ¡Tal vez no me deje hacer la fiesta por eso!

Una bola de nieve se estrelló contra la nuca de Toni.

—¡Bruno! —gritó Toni.

—Lo siento, mequetrefe. Iba dirigida a tu cabeza.

Meghan se echó a reír y comenzó a trepar el primer montículo de nieve. Se agachó todo lo que pudo y deslizó los pies con pasos cortitos. —¿Sabes? —dijo—. No creo que a Leona le molesten unas pocas cajas.

—Meghan, no es sólo eso —dijo Toni—. Nuestro sótano está lleno de aves. Tengo un criadero de lombrices en mi cuarto, y hay plumas por todos lados. ¡Eso no es normal!

—¡Y no olvides la serpiente que se escapó de su jaula la semana pasada! ¡Podría estar en cualquier lugar! —agregó Bruno.

—¿Perdiste una *serpiente*? —gritó Meghan—. ¿Por qué no me dijiste que...? ¡PLAF!

Toni se volvió a mirar a Meghan, pero su amiga había desaparecido. Sólo la punta de su sombrero asomaba por un gran agujero en la nieve.

Toni intentó no reírse mientras se deslizaba hasta el agujero. Cuando Meghan se puso de pie, la nieve le llegaba hasta los hombros.

—¿Perdiste una *serpiente*? —gritó Meghan. Se quitó la nieve de la cara y sacudió su sombrero.

—La encontraremos pronto. —Toni ayudó a Meghan a salir del agujero—. Debe estar en algún lugar de la casa. Las serpientes no salen cuando hace frío. Ven, te mostraré los pájaros.

—¡Perdiste una *serpiente*! —repitió Meghan, mientras se limpiaba los anteojos y se quitaba la nieve del cabello.

Bruno se echó a reír. —¡Creo que a Meghan le gustará nuestra casa!

Capítulo 3

Perros gigantes y ratones congelados

Al llegar a la casa, Toni puso a secar sus botas y las de Meghan junto al calefactor. Meghan se limpió la escarcha de los anteojos, y luego se quedó mirando fijamente hacia el pasillo. —¿Eso es un perro? —preguntó.

—Es Duke —dijo Toni—. Es un Gran Danés.

Al oír su nombre, el perro se puso de pie y se desperezó. Duke tenía el pelaje de color castaño claro, y era más alto que la mesa de la entrada.

—Pesa más que papá. ¿No es enorme? ¿Meghan?

—¡Mira eso! —exclamó Meghan, señalando hacia la sala.

—Es Mortimer —dijo Bruno—. Lo rescatamos. Es un guacamayo azul y amarillo. Es una especie de loro.

Mortimer había arrastrado un periódico hasta el sofá y lo había despedazado hasta convertirlo en un enorme y mullido nido.

—Siempre hace eso —dijo Toni—. ¡Ven, te mostraré el lío

de la cocina! ¡Estoy segura de que papá no me permitirá hacer la fiesta!

Bruno llegó primero. —¡Oye! ¡Ven a ver esto! —dijo Bruno.

Toni corrió a la cocina. Las alacenas estaban terminadas. Absolutamente todas. Y no había cajas por ningún lado. El corazón le dio un vuelco.

—Bien, pequeñita, parece que papá terminó con todo. ¡Mis peces koi!

Bruno tiró su abrigo y corrió a la gran pecera que estaba del otro lado de la cocina. Apoyado contra un costado del tanque, un pequeño gatito chapoteaba juguetonamente con sus patitas delanteras, salpicando el agua de la pecera. Peces de vivos colores, rojos y amarillos, más grandes que el gatito, nadaban velozmente alrededor del tanque.

—Ese es Avery. Tiene ocho semanas —dijo Toni, mientras Bruno colocaba al gatito anaranjado sobre el piso—. Ha estado intentando atrapar a los peces desde que Bruno lo trajo a casa. ¿Deseas limonada?

—Ehhh... ahhh... sí. —Meghan observaba cómo Avery se deslizaba por el piso de la cocina. Estaba empapado—. ¿Qué es un koi?

—Son peces exóticos. Se parecen a los peces de colores, pero pueden crecer hasta tres pies. Los japoneses dicen que traen suerte y buenos amigos. —Toni pasó por encima de Avery, quien se estaba secando contra el abrigo de Bruno.

Toni vertió limonada en dos grandes vasos, mientras Meghan retiraba una pila de plumas de aves de la mesa.

—Meghan, ¿qué voy a hacer? —preguntó Toni—. Podría decir que mamá no me permite hacer la fiesta...

—Pero eso no es verdad. Además, sabes que Leona continuará insistiéndote para que la hagas. ¿Por qué no hacerla y terminar con ello de una vez por todas?

—Meghan tiene razón. —Bruno retiró su abrigo de abajo de Avery y bajó las escaleras del sótano con paso firme—. ¡Enfrenta tus temores! —gritó desde abajo.

Toni frunció el ceño. Ellos no lo entendían. A los amigos de Bruno les encantaba el Centro Avícola, y Meghan había vivido en Renforth toda su vida. Nadie hacía un escándalo por ello.

—Aún no conozco a nadie, Meghan. No quiero que Leona comience a contar cosas de mí. —Toni le entregó la limonada a Meghan—. ¡Tengo una idea! ¡Me enfermaré!

—Pero sólo faltan dos días para el viernes. Leona sabrá que estás fingiendo. Meghan observó cómo Avery se trepaba a las cortinas con sus pequeñas garras y, pasando junto a su cabeza, saltaba al anaquel de la ventana. Luego, se acercó lentamente hasta la pecera, retorciendo la cola para mantener el equilibrio.

—¡Tengo una idea! Diré que mamá y papá tienen invitados.

—Leona le dirá a todo el mundo que cancelaste la fiesta.

Avery saltó del anaquel e intentó sujetarse del borde del acuario, pero erró el cálculo y terminó adentro del tazón de agua de Duke.

Meghan se rio tanto que se atragantó con su limonada. Carraspeando, dijo: —¿Puedo ver los pájaros ahora?

Toni suspiró profundamente. Había llegado el momento.

Al llegar a la base de las escaleras, Meghan se quedó boquiabierta. Toni recorrió la habitación con la mirada mientras esperaba el comentario de Meghan.

Parecía una biblioteca, excepto que los estantes estaban cerrados con una malla de alambre para jaulas. En el medio de la habitación había cubetas, escobas y cajas, y junto a las jaulas, bolsas verdes de desecho abiertas, repletas de hojas y ramas.

Todo estaba cubierto de plumas, y el ruido de los pájaros invadía por completo el lugar. En un rincón del cuarto, Bruno vertía semillas de girasol de una enorme bolsa en un gran contenedor.

—¡Vaya, no pensé que se vería así! —Meghan tuvo que levantar la voz para hacerse oír entre los píos y graznidos.

—Mamá y papá trabajan en el Refugio de Animales de Renforth durante el día. Allí no tienen lugar para aves salvajes, así que mantenemos aquí a las que están enfermas hasta que podamos dejarlas en libertad. —Toni levantó una caja de gasas que se había caído del estante de los medicamentos—. En nuestra casa anterior hacíamos lo mismo.

Meghan caminó lentamente por el cuarto, espiando el interior de cada jaula. —¿Es un gorrión?

—Sí, un gorrión común. —Toni tocó la jaula, y el pequeño pájaro marrón saltó detrás de una rama—. Voló contra una ventana y se quebró un ala.

De pronto, se oyó un grito agudo.

Meghan se sobresaltó, y dando un paso atrás, se tropezó con una escoba y cayó sentada sobre una de las bolsas abiertas de hojas.

—¿Qué fue *eso*? —preguntó.

—Es un gavilán colirrojo. —Toni señaló una gran jaula en el rincón—. Se le quebró una pata en una trampa de cazadores. Lo dejaremos en libertad en un mes.

La enorme ave de color marrón y blanco giró lentamente hasta darles la espalda y desplegó su cola cobriza. Luego, volviéndose a mirar a Meghan, lanzó nuevamente un chillido.

—No parece muy amistosa —dijo Meghan, quitándose las hojas de sus pantalones de mezclilla.

Bruno la miró con gesto sarcástico. —Son animales salvajes, no mascotas. Si los domesticáramos, no podrían volver a su hábitat silvestre. —Tomó un contenedor de basura y lo arrastró hacia las jaulas—. Vamos. Ya casi es hora de cenar.

—Todo lo que hace es comer —le susurró Toni a Meghan.

Toni se colocó un par de viejos guantes de cuero y sacó con cuidado a un pequeño carbonero de su jaula. Bruno recogió los periódicos sucios de la jaula y lavó rápidamente las paredes y la base.

Al terminar, miró su reloj. —Deberíamos estar comenzando con la cena —dijo—. Ustedes dos limpien la jaula del gavilán y luego traigan los arándanos del congelador. —Al oír la voz de Bruno, el gavilán chilló nuevamente.

Meghan retrocedió y se enderezó los anteojos. —Yo iré por los arándanos.

—¡Qué miedosa! —se burló Bruno, mientras colocaba diarios limpios y sobre ellos esparcía hojas—. ¡Lo que sucede es que no quiere ensuciarse!

Meghan miró los dos congeladores, y levantó la tapa del más grande. Bruno miró a Toni y le sonrió.

—¿Sabes? —le dijo en un susurro—. Deberías haberle advertido sobre los ratones congelados.

—¡AHHHHHHHHH! —gritó Meghan.

Capítulo 4

Los loros no deberían beber café

—¡Ratones!

Meghan se estremeció y retrocedió rápidamente, alejándose del congelador.

—¡Megan, lo siento! —dijo Toni—. Olvidé decirte que guardamos *nuestra* comida en el congelador pequeño.

Bruno se echó a reír tanto que terminó cayendo al piso. —¿Con qué pensabas que alimentábamos a los búhos y a los halcones? ¿Con rosquillas?

—¡Basta, Bruno! —dijo Toni—. ¿Estás bien, Meghan?

—Supongo —dijo Meghan—. Se limpió las manos en los pantalones y se acomodó el suéter. —Ya debo regresar a casa. Creo que estoy retrasada para la cena.

Bruno se rio. —¡No seas boba! ¡Son sólo ratones!

—¡Quisiera ver a Leona tocar uno! —dijo Meghan.

Toni refunfuñó. Había estado tan ocupada que se había olvidado por completo de la fiesta de pijamas. ¡Cielos! ¡Lo tenía! Se *olvidaría* de preguntarles a sus padres. Entonces, no tendría más opción que cancelar la fiesta. ¡Sus padres nunca la dejarían organizarla a última hora!

Toni estaba despidiendo a Meghan cuando sus padres estacionaron en la entrada.

—¡Buena suerte! ¡Ya me contarás mañana! —Meghan le gritó a Toni desde la calle.

Cuando Toni se sentó a la mesa, Mortimer, el loro, cruzó la mesa a saltitos y se quedó parado junto al individual de Toni, esperando que le convidara algo. Toni lo miró con gesto sarcástico y colocó un trozo de papa sobre la mesa. Mortimer se abalanzó sobre él.

Toni sonrió. "Qué importa si Mortimer no tiene buenos modales", —pensó—. Me olvidaré de preguntar sobre la fiesta y Leona no podrá venir a casa. Entonces tal vez se olvide del asunto.

Bruno se sirvió una enorme porción de puré de manzanas sobre su tercera chuleta de puerco. —Papá, ¿Toni te preguntó sobre...?

Toni le dio una fuerte patada por debajo de la mesa.

Bruno la miró y le sonrió de oreja a oreja. —¿Y bien? ¿Ya les pediste permiso?

Toni le lanzó una mirada furiosa a su hermano, pero él ya no la estaba mirando porque estaba concentrado en darle un pepinillo a Mortimer. Toni intentó patearlo otra vez, pero Bruno había corrido la pierna.

—¿Qué sucede, Antonina? —le preguntó su padre.

—Mmm... —dijo Toni, tosiendo—. ¿Puedo tener una fiesta de pijamas el viernes por la noche?

"Por favor, di que no. Por favor, di que no. Por favor, di que no.", pensó Toni.

—Claro —le respondió su papá—. Ya he terminado con las alacenas de la cocina, así que no hay problema.

Toni suspiró y se volvió a mirar a su mamá. —Sólo puedo invitar a una amiga, ¿verdad? ¿No a dos?

"Por favor, di una. Por favor, di una. Por favor, di una.", pensó Toni.

—Dos está bien, Antonina. Pueden colocar las bolsas de dormir en la sala.

—¡Dormirás con Mortimer y Duke y Avery! —Bruno lanzó una carcajada al ver que Mortimer arrastraba la chuleta fuera del plato de Toni.

—¿Podríamos comer pizza y helado? ¿Por favor? ¿Sólo por esta vez? —preguntó Toni.

"Por favor, di que sí. Por favor, di que sí. Por favor, di que sí.", pensó Toni.

—Antonina, sabes que todos los viernes comemos palitos de pescado. Y a ti te encantan.

Ya no había nada que hacer. Muy pronto, Leona le contaría a todos cómo era su casa. ¡Qué vergüenza!

Mortimer voló hasta la mesada de la cocina y aterrizó junto a la cafetera. Se quedó mirando fijamente la jarra de café mientras chasqueaba el pico una y otra vez.

—¿Por qué estás tan callada, Antonina? —El papá de Toni caminó hacia la mesada y se sirvió una taza de café. Mortimer regresó volando a la mesa y se quedó esperando junto a la azucarera.

—Leona pensará que somos raros.

—¿Por qué pensaría eso? —le preguntó su padre, mientras colocaba la taza sobre la mesa junto a Mortimer y vertía una cucharada de azúcar en el café.

—Porque tengo un criadero de lombrices en mi cuarto, Mortimer come de nuestros platos, el sótano está lleno de pájaros, y... nunca comemos comida *normal.*

Toni tragó con dificultad y se quedó mirando fijamente su plato. Todos permanecieron en silencio. Bruno y Mortimer fueron los únicos que continuaron comiendo. Mortimer tomó su taza con una pata y lentamente bebió el café con su gruesa lengua negra.

—Y los loros no deberían beber café —susurró Toni.

—Antonina, siento que nuestra casa te avergüence, pero hemos prometido cuidar de estos pájaros —le explicó su padre—. Y no puedo hacer nada con respecto a Mortimer. Sabes que no puede prescindir de su café.

Toni miró a Mortimer con aire sombrío. Un hilo de café le chorreaba del pico y bajaba por su panza. Tenía un pedazo de pepinillo atascado entre sus dedos.

Todos terminaron de cenar en silencio mientras Toni, con aire pensativo, sólo atinaba a revolver de un lado a otro los frijoles de su plato. ¿Qué más podía salir mal?

Capítulo 5

Tu mochila se mueve

—Bien, niños, ahora leerán *en voz baja.* Deben entregar la reseña del libro el viernes, es decir, mañana, ¡de modo que no hay tiempo que perder!

El Sr. Wentworth estaba de mal talante. Todos los estudiantes comenzaron a leer sus libros en silencio. Hasta Leona dejó de cuchichear.

Toni leyó tres veces la misma oración. No podía concentrarse.

—*¡Psssst!*

Toni levantó la vista. Meghan había vuelto la cabeza y la miraba por sobre su hombro.

—¿Qué? —susurró Toni.

—¿Qué dijo tu papá?

—Que sí —le respondió Toni en un susurro.

—¿Qué?

—Dijo que *sí.*

—¡Antonina María Amadeo! —vociferó el Sr. Wentworth—. ¿Querrías compartir con el resto de la clase tu conversación?

—No, Sr. Wentworth. Lo siento.

—Entonces continúa leyendo —le respondió el maestro.

Toni bajó la vista hacia su libro y se mordió el labio. El corazón le latía con fuerza y sentía que la cara le hervía.

Cuando llegó la hora de la clase de gimnasia, Toni aún no había logrado terminar con el primer capítulo de su libro. Tomó su mochila y se dirigió al gimnasio con Meghan.

—¡Oigan, esperen! —gritó Leona, mientras se apresuraba para alcanzarlas.

"Es ahora o nunca", pensó Toni. "Esta es mi última oportunidad para salir de este apuro. ¿Pero cómo?".

—Mamá me dijo que puedo ir a tu fiesta. Será este viernes, ¿verdad? —le preguntó Leona.

—Creo que sí.

—¡Genial! Espero que haya pizza. ¡Nos vemos!

Leona, jugueteando con uno de sus aretes, regresó con su grupo de amigas.

Meghan miró a Toni. —Cambia esa cara. Todo saldrá bien.

—¿Qué haré ahora? —refunfuñó Toni, mientras se colocaba la mochila sobre el hombro—. Papá dijo que no comeríamos ni pizza ni helado, y Leona detestará dormir en una casa llena de pájaros. —Al llegar a los vestuarios, Toni dejó su mochila sobre un banco—. No comprenderá nada sobre el Centro Avícola.

Meghan se enderezó los anteojos y vació su bolso de gimnasia. —¡Oh, no! Olvidé lavar mi camiseta. ¡Mira cómo está! —dijo, mientras sostenía su camiseta blanca en el aire.

Toni se echó a reír. Sólo Meghan podía molestarse tanto porque su camiseta de gimnasia estaba arrugada. Su ropa siempre estaba en perfectas condiciones.

—Si crees que tu camiseta está mal —le respondió Toni—

menos mal que no limpiaste las jaulas de los pájaros. ¡Entonces sí que te habrías ensuciado!

—Mmm, Toni... —dijo Meghan.

—¡Es tan solo una camiseta de gimnasia!

—Toni...

—¡Tengo una idea! La jaula vieja de Mortimer está en el sótano. Lo pondré en la jaula y cerraré con llave la puerta del sótano. Así Leona sólo verá a Duke y a Avery. ¿Qué te parece?

—¡TONI! —gritó Meghan.

—¿Qué?

—Tu mochila se mueve —le dijo Meghan.

De pronto, el lugar quedó en silencio y todos se volvieron a mirar la mochila de Toni. ¡Era cierto! ¡Se estaba moviendo! De la base salía un bulto que se agrandaba y se volvía a encoger.

Justo cuando Toni estaba abriendo su mochila, Leona entró a los vestuarios.

"Por favor, que no sea Mortimer. Por favor, que no sea Mortimer. Por favor, que no sea Mortimer.", imploraba Toni en silencio.

Al ver que no sucedía nada, levantó la mochila por la base y la vació sobre el banco.

Leona dio un alarido y salió huyendo despavorida a un rincón... y el resto de la clase siguió su ejemplo.

No era Mortimer. Era la serpiente perdida.

Capítulo 6

Serpiente en una caja

—¿Qué sucede aquí? —La Srta. Lee, la Directora de la escuela, apareció en la puerta de los vestuarios y miró fijamente a Toni.

Toni recorrió el lugar con la vista. Había ropa de gimnasia desparramada por todo el piso. Meghan, sentada en el banco, intentaba no reírse, y el resto de las niñas estaban apiñadas en el rincón más alejado del cuarto.

Toni sostuvo a la serpiente —era más larga que su brazo— e intentó pensar en algo que decir.

—¡Antonina! ¿Qué haces con esa serpiente? —le preguntó la Srta. Lee.

—Estaba en mi mochila, Srta. Lee. No sé cómo llegó allí. No lo hice a propósito. —Toni sentía que la cara le quemaba.

—Meghan, deja de reírte —le dijo la Srta. Lee—. Y las demás, recojan sus ropas y prepárense para la clase de gimnasia. Esa serpiente es inofensiva.

Meghan se quitó los anteojos y se frotó los ojos. El resto de la clase se mostraba reticente y temerosa.

—Vamos, niñas, dense prisa, o llegarán tarde a clase. Antonina, ven conmigo —le ordenó la Srta. Lee, mientras salía con paso firme de los vestuarios.

Toni siguió a la Directora mientras sostenía la serpiente en alto para no tropezarse con ella. Cuando alcanzó a la Srta. Lee, Toni la miró disimuladamente.

Notó que sus hombros se estremecían, sus mejillas estaban enrojecidas y los ojos le lagrimeaban. ¡La Srta. Lee estaba riéndose!

—Antonina —le dijo la Srta. Lee, al ver que Toni la estaba observando—. Hace 15 años que enseño en Renforth, ¡y esta es la primera vez que un estudiante trae una serpiente a la escuela por *accidente*!

La Srta. Lee buscó una caja de cartón y le hizo unas perforaciones en la parte superior para que pasara el aire. Intentó no sonreír mientras Toni colocaba su serpiente en la caja.

—¿Debo darle de comer a esta cosa, o podrá esperar hasta que la lleves a casa? —le preguntó a Toni.

—Puede esperar. Gracias, Srta. Lee.

—Vuelve a la clase de gimnasia. ¡Y no olvides llevarte la serpiente cuando regreses a casa esta noche!

Cuando Toni regresó al gimnasio, la clase ya casi había terminado con los ejercicios de calentamiento. Toni se cambió de ropa rápidamente y se metió a la fila con las demás niñas.

Acababan de comenzar la carrera de obstáculos. Era el turno de Meghan, y Leona era la próxima. Leona retrocedió hasta quedar junto a Toni.

—¿Te puso en penitencia? —le preguntó a Toni.

—No.

—¿No te metiste en problemas?

—No. La Srta. Lee colocó la serpiente en una caja y me dijo que la lleve a casa después de la escuela. Le resultó gracioso.

—¡Tienes suerte! Si tu casa es así, será una fiesta muy rara.

Toni sintió que un calor le subía por la cara. —Fue un accidente, Leona. Además, mi casa no es rara. Sólo es... *diferente.* —Toni sentía una opresión en el pecho y los ojos le quemaban—. ¡Será la mejor fiesta de pijamas que jamás hayas tenido!

—¿Por qué te enfadas tanto? Sólo bromeaba —dijo Leona riendo, antes de correr hacia la largada de la pista de obstáculos. Todos la miraron. Leona obtendría el mayor puntaje, como siempre.

—Estás sonrojada —le dijo Meghan, mientras se colocaba en la fila detrás de Toni—. ¿Qué te dijo Leona?

—Que sería una fiesta rara.

Meghan movió los ojos con gesto sarcástico. —¿Y tú que le respondiste?

—Que sería la mejor fiesta de toda su vida. —Y negando con la cabeza, agregó—: Debería haberme callado la boca.

Meghan sonrió y dijo: —Bien, ¡será una fiesta que jamás podrá olvidar!

—Eso es justamente lo que me temo —susurró Toni, con voz apesadumbrada.

Capítulo 7

Con gripe

—Gracias por encontrar a mi serpiente —dijo Bruno, mientras se servía otro sándwich tostado de queso—. Te debo un favor.

—Entonces, ayúdame a librarme de esta fiesta. —Toni levantó los pies para que Duke pudiera pasar y meterse debajo de la mesa. Avery pasó de prisa junto a él y se trepó de un salto a un costado de la pecera.

—La semana pasada vinieron mis amigos a visitarme. Y lo pasamos muy bien —dijo Bruno—. Además, tarde o temprano, Leona conocerá la casa. ¿Por qué no hacerlo lo antes posible y olvidarte de ello?

Avery se paró en sus pequeñas patitas traseras, mientras con una de las delanteras comenzó a golpetear el cristal de la pecera, intentando tocar a los *koi*. Al oír ese ruido, Duke se puso de pie y, con su enorme estatura, levantó del piso la mesa de la cocina.

—¡Duke, abajo! —le gritó Toni, mientras la ensaladera se volcaba y una manzana rodaba hasta su regazo. Con un gruñido, Duke volvió a acostarse.

Toni estaba tomando su servilleta cuando Mortimer voló a la mesa y patinó hasta detenerse junto al plato de Toni.

—Bruno, ¿qué crees que dirá Leona de esta casa de locos? —le preguntó a su hermano.

—Sólo hazla pasar a la sala —le respondió Bruno, mientras sacaba a Avery del borde de la pecera y se servía otro sándwich.

Toni carraspeó y dijo: —Quiero encerrar a Mortimer abajo en su jaula. Sólo por una noche. Así podría cerrar la puerta del sótano con llave y Leona no vería los pájaros.

Bruno negó con la cabeza. —Despierta, pequeñita. Papá colocó una urraca azul en esa jaula la semana pasada, y la puerta del sótano *nunca* tuvo cerradura.

Bruno colocó azúcar en el café de Mortimer y lo revolvió. —Además, Mortimer no puede dejar de cenar. Y sabes que no puede prescindir de su café.

Al posarse sobre el borde de su taza para beber un sorbo de café, Mortimer perdió el equilibrio. El café se desparramó por toda la mesa, y el loro, sobresaltado, huyó volando de la mesa.

Toni rezongó. Ahora había ensalada por toda la mesa y el café goteaba sobre el piso.

Bruno recogió de la mesa los restos de ensalada y volvió a colocarla en la ensaladera. Luego se puso de pie y dejó la ensaladera en la mesada de la cocina. —Tú ocúpate de limpiar el café. Creo que el gato del vecino está arañando la puerta otra vez.

Suspirando, Toni comenzó a limpiar el café derramado mientras vertía otra taza para Mortimer. Sin pizza, sin helado, y con cientos de pájaros. ¡Su fiesta de pijamas sería un verdadero desastre!

La puerta de calle se cerró con fuerza y Bruno volvió a la cocina.

—Ese gato tonto —dijo entre dientes—. Es el quinto pájaro que ha matado desde que nos mudamos acá. Ojalá dejara de traerlos a la puerta de casa.

—Está afuera todo el tiempo. Tal vez es la única manera que tiene de conseguirse su comida —dijo Toni—. Después de todo, Avery nunca ataca a nuestros pájaros.

Refunfuñando, Bruno se quitó las botas de una patada y fue a lavarse las manos.

Entonces Toni tuvo una idea. Su padre siempre compraba comestibles los viernes. Tal vez planeaba en secreto comprar algo especial para la fiesta. Toni buscó en la puerta del refrigerador, pero no había ninguna lista de almacén.

—Olvídalo, chiquilla —dijo Bruno, dejándose caer en su silla—. Si papá deseara sorprenderte, no dejaría la lista del almacén a la vista. —Bebió de un sorbo su vaso de leche y se sirvió otro.

Toni frunció el ceño. Duke seguía acostado debajo de la mesa. Cuando vio que Toni lo estaba mirando, comenzó a golpetear alegremente la cola contra el piso.

—Buen chico, Duke —murmuró Toni.

Duke se puso de pie y comenzó a dirigirse hacia Toni, pero su lomo chocó contra la mesa. Bruno sujetó su plato y su vaso de leche.

—¡No, Duke, abajo! —le gritó Bruno. Los periódicos se deslizaron de la mesa y cayeron desparramados al piso. —¡Qué bobo eres!

Toni se agachó para recoger los papeles. ¡La lista del almacén! Había estado todo el tiempo debajo de los periódicos.

Toni comenzó a leerla rápidamente, pero se le fue el alma a los pies. No había pizza ni helado. Ni siquiera una botella de gaseosa. Y lo que era peor, su papá compraría las palitos de pescado.

—No dejaré que Leona venga a casa —dijo Toni. Bruno sólo se encogió de hombros.

"La fiesta será recién mañana por la noche", pensó Toni. "Aún puedo engriparme.".

Esa noche, Toni se colocó sus pijamas, y abrió la ventana de su cuarto de par en par. Muy pronto, esponjosos copos de nieve comenzaron a entrar lentamente a su habitación.

El aire frío que respiraba la hacía temblar. "Puede darte gripe si te enfrías", pensó. "¡Seguro que mañana amanezco enferma!".

Capítulo 8

Una noche inolvidable

Toni miró por su ventana. "Llegarán en cualquier momento", pensó. "No hay forma de ocultar todo esto.".

Toni recogió las toallas mojadas y las lanzó sobre su cama. ¡Qué lío! El tapete y las cortinas también estaban empapados, y el empapelado de la pared debajo de la ventana comenzaba a desprenderse.

Esa mañana se había despertado congelada, con la cama cubierta de nieve. Como si ello fuera poco, el Sr. Wentworth les había tomado otra prueba sorpresa de matemáticas. Ahora, su cuarto estaba todo mojado. ¡Y a ella ni siquiera le dolía la garganta ni le chorreaba la nariz!

Bruno levantó el criadero de lombrices y se fue caminando con él por el pasillo. —¿Qué estabas pensando? —le gritó—. Podrías haber matado a las plantas. Podrías haber arruinado el criadero de lombrices. O podrías haberte pescado una *gripe*...

La voz de Bruno se fue perdiendo a medida que bajaba las escaleras del sótano con el barril lleno de tierra.

Toni tomó su pegamento en barra y lo desparramó por la parte trasera del empapelado suelto de la pared. Intentó presionar el papel contra la pared, pero cada vez que quitaba la mano, el papel volvía a caer al suelo.

—Dame *una* buena razón por la cual no debería contarle esto a mamá. —Bruno había regresado y estaba parado en la puerta del cuarto con un envase de adhesivo especial para empapelado y un pincel.

Toni tomó su helecho y le sacudió el agua. —Porque anoche me dijiste que me debías un favor.

Con el ceño fruncido, Bruno esparció el adhesivo sobre la pared. —Deberías haberme contado esto antes de irnos a la escuela. No se secará para el momento que vengan Meghan y Leona.

Toni se encogió de hombros. —En realidad, no importa. Leona sólo viene a ver a los pájaros —dijo, espantando a Mortimer del envase abierto de adhesivo—. Además, no sabía que la nieve se *derretiría.*

Bruno le lanzó una mirada burlona y movió la cabeza en señal de desaprobación, mientras alisaba el papel sobre la pared pegajosa. —¿Qué esperabas? Hay un conducto de calefacción debajo de tu ventana, pequeña. —Luego se puso de pie y miró por la ventana—. Meghan está en la entrada.

Toni corrió a abrir la puerta. Los copos de nieve se arremolinaban en la sala mientras Meghan se sacudía las botas dando fuertes pisotones contra el piso.

—¡Mira! —Meghan dejó caer su mochila y se abrió el abrigo—. ¡Me puse ropa de trabajo! —Llevaba puestos unos pantalones de mezclilla desteñidos y un suéter viejo—. ¿Sabías que hay un gato trepándose a tu comedero de pájaros? —le preguntó.

Bruno corrió a la puerta y la abrió súbitamente. —Ha llegado Leona —susurró, mientras intentaba ponerse las botas con dificultad.

Toni mantuvo abierta la puerta metálica mientras Bruno salía corriendo y Leona entraba de prisa.

—Hola —dijo Leona, mirando a Bruno correr tras el gato por el camino de entrada—. ¿Qué está haciendo?

—Está intentando espantar del comedero al gato de nuestro vecino. Ha estado matando a los gorriones —agregó.

Leona arrugó la nariz. —El verano pasado vi a un gato matar a un pájaro. Fue repugnante.

Meghan levantó las cejas con asombro cuando Leona se quitó su abrigo. —Te ves… mmm... bonita, Leona.

Leona llevaba puesto un flamante vestido de color púrpura y relucientes aretes de oro. Tenía el pelo recogido con una banda elástica dorada.

Leona miró los pantalones de Meghan, y frunciendo el ceño, comentó: —¡Bien, no quería verme *zaparrastrosa*! —Levantó la cabeza y olió el aire—. ¿*Qué* es ese olor?

Son las aves —le respondió Toni.

Leona, jugueteando con sus aretes, la miró cara de disgusto. —Apestan. ¿Por qué no las tienen afuera?

—Están heridas —le explicó Bruno, mientras se quitaba las botas—. La mayoría de ellas aún no están lo suficientemente fuertes como para sobrevivir a temperaturas demasiado frías o cálidas.

—¡Ajjj! —exclamó Leona, en tono apático, mientras se enderezaba la cola de caballo—. Bien, ¿qué haremos primero? Debes mostrarme la pajarera.

Meghan la miró con gesto sarcástico y le dijo: —No estás vestida exactamente para eso, Leona. Además, no es una...

De repente, el piso tembló. Duke entró en la sala a todo

galope y embistió directamente a Leona. Movía alegremente la cola mientras le lamía la cara y el cabello con su enorme lengua.

Leona intentó retroceder y cubrirse la cara. —¡Ayúdenme! ¡Quítenmelo de encima!

—¡Duke, no! —le gritó Toni.

Duke dio media vuelta y se fue trotando a la cocina con la banda elástica de Leona colgándole de la boca.

Leona se puso de pie con dificultad. Tenía el vestido todo arrugado y el cabello y la cara mojados.

—¡Ajjj, qué asco! ¿Qué fue *eso?* —gritó Leona, limpiándose de la cara la baba espumosa del perro.

—Es Duke —le respondió Meghan—. ¡Parece que le gustan las bandas elásticas!

Bruno se echó a reír. —¿Con que no querías verte *zaparrastrosa*, eh? Ven, Leona, dijiste que querías ver las aves.

Meghan sonrió mientras seguía a Toni y a Bruno al sótano. Era la primera vez que Leona se quedaba sin palabras. Con el entrecejo fruncido, bajó las escaleras detrás de ellos.

Al llegar abajo, Leona se quedó boquiabierta. —Pero… ¿por qué...? —Cerró la boca y movió la cabeza, confundida.

—Todas están heridas o enfermas —le explicó Toni—. Las tenemos hasta que pueden regresar a su hábitat natural.

Toni deseaba que Leona se fuera del sótano lo antes posible, pero Bruno comenzó a llenar los cuencos de agua.

Meghan caminó por entre una pila de cajas de mudanza vacías y se detuvo en la primera hilera de jaulas. —¡Vaya! Ayer no había visto esto. ¿Cómo se llama éste? —preguntó, señalando a un gran búho gris con una mancha negra en el mentón.

—Es un cárabo lapón —le respondió Toni.

—¡BUUU! ¡BUUU! ¡BUUU! —ululó el ave. Avery dio un salto y movió las orejas hacia atrás, y en su intento por alejarse de la jaula, tiró al piso todas las escobas.

—¡Qué fuerte grita! —dijo Leona, cubriéndose las orejas.

Meghan la miró con aire burlón y preguntó: —¿Qué problema tiene?

—Parásitos intestinales —le respondió Bruno.

Leona se quedó mirando a Bruno con gesto confundido. —¿Parási... *qué*?

—Parásitos —repitió Toni—. Tenía una lombriz solitaria en la panza. Bruno la desparasitó. Cuando aumente de peso, lo podremos dejar en libertad.

Mientras Toni hablaba, el búho saltó de su columpio y picoteó su comida.

—¡Ajjj! ¿Qué está comiendo? —preguntó Leona, alejándose de la jaula.

Meghan se rió. —¡Es un ratón! Hay muchos en el congelador, por si tienes hambre.

Leona miró a Meghan con furia. —¡Eso es repugnante!

Meghan se encogió de hombros y señalando una de las jaulas de arriba, preguntó: —¿Y esos qué son? —Se refería a dos pájaros verdes y anaranjados acurrucados uno junto al otro sobre una rama.

—Son crías de Inseparables. Cuando crezcan, deberemos encontrarles un hogar. —Toni intentó hacer subir a Avery por las escaleras ahuyentándolo con una escoba. Al sonido de su voz, los pájaros comenzaron a piar y a aletear.

—Alguien los dejó en el refugio la semana pasada —continuó explicando Toni—. Como yo los he estado alimentando desde entonces, piensan que soy su mamá.

Leona movió la cabeza de un lado al otro. —Esto es demasiado raro... —Al retroceder hacia las escaleras, metió el pie en una pila de caca de pájaros junto a la vieja jaula de Mortimer—. ¡Ajjj, qué asco! —Comenzó a dar saltitos en círculos tratando de sacudirse la suciedad del zapato.

—¿Acaso nunca limpian este sótano?

—Sí —le respondió Bruno—. Lo limpiamos todos los días. Y ustedes, mocositas, tienen suerte de que hoy les estoy dando la noche libre.

—¡Ajjj! —dijo Leona, y subió las escaleras con paso firme.

—Bien, ya ha visto el sótano —susurró Meghan, mientras seguía a Leona— ¡y todo salió bien!

—¡*AYYYYYY*! —bramó Leona desde lo alto de las escaleras. Mientras movía los brazos desesperadamente de un lado al otro, Leona fue a dar contra la pared, en su intento por quitarse de encima al inmenso pájaro que se había posado sobre uno de sus hombros.

—¡Mortimer, no! —le gritó Toni al loro. Subió corriendo las escaleras e intentó atrapar a Mortimer.

—¡Me está mordiendo la oreja! ¡Ayúdame! ¡Quítamelo de encima! ¡Quítamelo! —continuaba implorando Leona con grandes alaridos.

Capítulo 9

Grandes pájaros y pequeños aretes

Toni logró quitar a Mortimer del hombro de Leona y lo lanzó a la sala. Leona se cubrió las orejas y se sentó en el piso de la cocina con lágrimas en los ojos.

—Déjame ver —le dijo Bruno, mientras trataba de retirar las manos de Leona de su cabeza.

Lentamente, Leona retiró las manos de sus orejas. No había ninguna marca, pero uno de sus aretes había desaparecido.

Mientras Meghan buscaba el arete en el piso de la cocina, Toni fue a buscar a Mortimer.

Lo encontró en uno de los estantes del librero, rechinando el pico y chasqueando la lengua.

Toni extendió la mano frente a él y Mortimer escupió un objeto dorado y brillante. Era el arete de Leona. Mortimer lo había aplastado. Hasta el perno estaba doblado.

Bruno cargó a Duke en sus brazos y lo sacó del sofá. —Creo que Leona no se encuentra a gusto aquí, amigo. —Duke bostezó mientras se echaba al piso.

Toni limpió el arete con su camiseta. —Supongo que no está acostumbrada a los animales.

Toni regresó a la cocina y le entregó el arete aplastado a Leona.

—Bueno... mmm... al menos no te lastimaste —le dijo Toni.

—¡Pero trató de *morderme!* —Leona aún estaba en el piso, frotándose el oído, mientras Avery se frotaba contra su espalda.

Toni negó con la cabeza. —Leona, Mortimer te quitó el arete porque pensó que era una garrapata y quiso librarte de ella. Por eso lo estaba mordiendo. Eso es lo que las aves hacen cuando se acicalan entre ellas.

Mortimer voló a la cocina y aterrizó sobre la mesada. Parado en el borde, echó un vistazo y le silbó a Leona.

Leona se cubrió las orejas y lo miró con furia. De pronto, la puerta de calle se abrió y el papá de Toni entró de prisa. Traía debajo del brazo una vieja caja de zapatos.

—¡Trae a tus amigas, Antonina, para que vean lo que haremos! —Del interior de la caja se podía oír un aleteo y un fuerte *pío-pío.*

Toni y Meghan lo siguieron al sótano. Leona se quedó parada en la puerta, con el ceño fruncido, pero cuando Duke movió la cola y comenzó a trotar hacia ella, Leona huyó escaleras abajo.

El papá de Toni abrió la caja con cuidado. Acurrucado en un rincón, un pájaro del tamaño de una urraca azul, con plumaje castaño oscuro y manchas blancas, mantenía su pata izquierda cerca de su vientre.

—¡Un añapero boreal! —exclamó Toni—. Tiene un corte en la pata.

El papá de Toni sonrió. —Correcto. Hazlo tú misma, Antonina. Creo que ya estás preparada para curar la herida.

Toni respiró profundamente y asintió con la cabeza.

Mientras su padre mantenía quieto al pájaro, Toni le limpió la herida con desinfectante. Luego le vendó la pata con gasas y cinta adhesiva para que pudiera curarse sin que se infectara. Tras asegurarse de que no tenía ninguna otra lesión, lo colocó en una jaula limpia.

—¡Buen trabajo, Antonina! Se pondrá bien en pocos días.

—¡Mira, está caminando! —exclamó Meghan.

—Leona, tú eres la integrante más nueva del grupo —le dijo el padre de Toni—. ¿Te gustaría darle de comer a este pajarito?

—Supongo que sí.

Toni corrió al congelador y sacó dos frascos de vidrio. Colocó una cucharada del contenido de cada frasco en un tazón, y se lo dio a Leona junto con un par de pinzas pequeñas.

—Coloca el tazón en su jaula —le explicó Toni—. Luego, dale de comer con las pinzas hasta que comience a comer solo del tazón.

Con cuidado, Leona recogió un terrón de la mezcla y lo colocó en la boca del pájaro.

—¿Qué es esto que come? —preguntó Leona.

Toni le respondió, en tono dubitativo: —Es... mmm... una mezcla de... mosquitos y hormigas voladoras congelados.

—¡Ajjj! —Leona se alejó de la jaula de un salto y dejó caer las pinzas.

Meghan se rió. —¿Qué pensabas que comía? ¿Rosquillas?

—Supongo que nunca pensé en ello.

—Los añaperos necesitan mucha comida —le dijo Toni—. Pueden comer más de 500 mosquitos por día. —Se agachó para recoger las pinzas, pero Leona ya lo había hecho.

Leona tomó otro terrón de alimento y lo colocó con sumo cuidado en la boca del pájaro.

Meghan miró a Toni y sonrió. "Quizás —pensó Toni— esta fiesta no salga tan mal como temía".

Una vez que el pájaro había aprendido a comer solo del cuenco, todos subieron a la casa. El papá de Toni se colocó su abrigo y saludando con la mano, les dijo: —Volveré pronto. Voy a recoger a mamá y luego pasaremos por el mercado.

—Qué bueno es tu papá —dijo Leona, mientras lo miraba alejarse. Luego se volvió a Toni y le preguntó: —¿Dónde queda el baño?

—Al final del pasillo.

Cuando Leona se fue de la cocina, Meghan le dio unas palmaditas a Toni en la espalda. —Le gustó el añapero —dijo Meghan—, así que ya puedes dejar de preocuparte.

Bruno sacó a Avery del costado de la pecera y lo colocó sobre el piso, mientras con una sonrisa, le decía a Toni: —Ya puedes comenzar a preocuparte otra vez.

—¿Por qué?

—¡*AAAYYYYYY*! —gritó Leona.

—Porque hay un ganso en la tina.

Capítulo 10

Ella regresará

—¿*Qué* ganso? —gritó Toni, lanzándose por el pasillo hacia el baño.

—El que trajeron hoy al refugio —le gritó Bruno—. Tiene una sola pata, y nos pidieron que lo tengamos por el fin de semana. Si leyeras el correo electrónico de papá de vez en cuando, te enterarías de estas cosas.

Toni abrió la puerta del baño.

Leona, parada sobre el inodoro, gritaba a voz en cuello mientras blandía el cepillo del inodoro frente al ganso.

La enorme ave saltaba hacia atrás y hacia delante frente a Leona. Tenía su largo cuello negro totalmente extendido y las alas desplegadas. Cada vez que Leona se movía, el ganso graznaba, abriendo y cerrando el pico.

—¿Qué es esta cosa? —dijo Leona, gritando.

—Un ganso del Canadá —le respondió Toni—. Cree que estás invadiendo su territorio.

Leona saltó del inodoro y corrió hacia la puerta. El ganso

intentó perseguirla, pero se tropezó con el tapete del baño y resbaló.

Bruno se asomó y miró desde la puerta. —Papá lo puso en la tina, pero supongo que decidió adueñarse de todo el baño.

Toni miró a Leona. Estaba totalmente desgreñada, sus medias de nailon estaban corridas, y tenía el vestido cubierto de plumas.

—¡Es horrible! —murmuró Leona.

—¡Imagina cómo se vería con *dos* patas! —dijo Bruno, riendo.

Al oír la voz de Bruno, el ganso saltó al pasillo.

—¡Detenlo! —gritó Leona, mientras se alejaba del ave retrocediendo y blandiendo el cepillo en el aire.

Bruno se echó a reír. —Llevémoslo a la tina. Mamá y papá llegarán pronto a casa.

Hablándole suavemente al ganso, Toni y Bruno lograron guiarlo de regreso al baño. Entre graznidos e intentos de embestidas, el ganso finalmente saltó a la tina y se acomodó sobre las mantas.

Toni y Meghan miraron a Leona. Estaba parada en la puerta de calle con su maleta.

—Me voy a casa —dijo.

Mientras Leona se subía la cremallera de su abrigo, Toni buscaba qué decirle. Le temblaban las manos y el corazón le latía muy fuerte. El silencio pareció durar una eternidad.

Leona sacudió una de sus botas hacia abajo y frunció el ceño. Avery salió de la bota dando un tumbo. —¿Acaso no te molesta todo esto? Es como vivir en un zoológico.

Toni se metió las manos en los bolsillos para que Leona no viera cómo le temblaban y respiró profundamente.

—Mamá y papá siempre trabajaron en refugios de animales, así que nos criamos entre ellos desde pequeños. Supongo que estoy acostumbrada.

Leona se colocó las botas. —Este lugar es *raro.*

—No es raro, Leona. Sólo es... diferente de lo que tú estás acostumbrada. —Toni tragó con dificultad. No quería llorar.

—Adiós —le dijo Leona, mientras salía por la puerta.

Toni se quedó mirando a Leona bajar los escalones de la entrada, y luego cerró la puerta.

—Leona decidió irse, ¿verdad? —le preguntó Bruno, mientras rescataba el control remoto de debajo de la pata de Duke.

Toni asintió con la cabeza. —Irá a su casa y llamará a todas sus amigas para contarles que vivimos en una casa rara.

Bruno miró por la ventana del frente y luego se dejó caer en el sofá.

—Tal vez no —dijo—. Creo que regresará.

Toni suspiró y limpió la pelusa de aves del televisor con una de sus mangas. —No. Está muy enfadada.

Bruno sopló los pelos del perro del control remoto y encendió la tele. —Ella regresará.

—No. Dijo que esta era la casa más rara que había visto.

—Regresará.

—¿Y tú cómo lo sabes?

—El gato del vecino atrapó a otro pájaro. Y Leona lo está persiguiendo por la calle.

Meghan corrió hacia la ventana. Toni abrió la puerta de par en par mientras Leona corría trastabillando por la entrada. Traía en sus manos a un pajarito muy pequeño. Tenía manchas de sangre en su abrigo y las lágrimas le corrían por las mejillas.

—¡Creo que aún está vivo! —dijo llorando.

Capítulo 11

Verdaderos amigos

Leona extendió los brazos y les mostró el pajarito. Sus ojitos estaban bien abiertos, y el cuerpo le temblaba. Tenía sangre en la cabeza y en las alas.

Leona continuaba llorando. Bruno tomó al pajarito en sus manos y lo inspeccionó para verificar sus heridas.

—Pensé que estaría muerto, pero sólo tiene cortes y magullones.

—¿Entonces por qué tiene tanta sangre? —le preguntó Leona.

—Uno de los cortes es en la cabeza —le explicó Toni—. Las heridas de la cabeza sangran mucho, aunque no sean profundas.

—Síganme, chiquilinas —les dijo Bruno.

Toni, Meghan y Leona bajaron las escaleras detrás de Bruno. Bruno colocó al pajarito sobre una toalla mientras Toni traía algodón y desinfectante.

Leona se secó las lágrimas y se abrió la cremallera del abrigo. —Pensé que los pájaros volaban al sur en el invierno.

—No todos —le dijo Toni—. Algunos no pueden porque son muy viejos o están enfermos para volar tan lejos, y otros se quedan aquí en el invierno a propósito.

Bruno sujetó al pajarito mientras Toni le limpiaba las heridas cuidadosamente con desinfectante.

—¿Qué clase de pájaro es? —preguntó Leona.

Bruno la miró con gesto sarcástico. —¿Acaso no sabes *nada?* —Levantó al pajarito y lo colocó en una jaula limpia.

—Es un gorrión cantor macho —le explicó Toni—. Bruno, no todo el mundo los conoce.

Leona miró a Toni y le sonrió.

—¿Cuánto tiempo lo tendrán aquí? —preguntó Meghan, sacudiéndose las plumas de sus pantalones.

—Hasta que las heridas sanen. Depende de su estado de salud.

Leona miró el interior de la jaula. —¿Podría... mmm... podría venir a verlo de vez en cuando?

Meghan sopló el polvo de sus anteojos. —Si te quedas a cenar, podrás verlo otra vez esta misma noche.

Cuando subieron, los padres de Toni estaban en la cocina. Había bolsas del mercado por toda la mesada. La mamá de Toni sonrió. —Hola, niñas. Había una maleta en la entrada, así que la llevé al cuarto de Toni.

—Gracias, mamá. Es de Leona.

Leona siguió a Toni a su cuarto. Abrió la maleta y sacó un cepillo. Duke se agachó y se acercó lentamente hasta la maleta abierta.

—Mis padres nunca tendrían una casa como esta —dijo Leona, con un gesto de dolor, al intentar desenredarse el cabello con el cepillo.

Toni asintió con la cabeza. El sótano de Leona era una enorme sala con una tele tan grande como un sofá. En su fiesta de pijamas, les habían permitido usar la sala, pero sólo si no tocaban ni desordenaban nada.

—Las aves son algo así como un pasatiempo familiar. —Toni se sentó en su cama y alejó la maleta de Duke—. Trabajamos en el Centro Avícola todos los días. ¿Tú qué haces con tus padres?

—Nada. —Leona observó cómo Duke se arrimaba a su maleta e intentaba meter su hocico en ella—. Mamá y papá salen casi todas las noches, y mi niñera se la pasa todo el tiempo mirando películas viejas.

—Suena aburrido —dijo Toni, empujando a Duke de la maleta y cerrándola con un pie.

Leona se estiró el vestido y lentamente se quitó las últimas plumas que aún colgaban de él.

—A veces me siento sola. —Se sentó junto a Toni—. Supongo que esto es más divertido, pero es tan... *raro.* Nadie más tiene un hogar como este.

—Sólo es diferente, Leona. —Toni respiró profundamente—. Al menos inténtalo. *Tiene* que ser mejor que mirar películas viejas.

Leona se mordió el labio. Tomó la maleta y la metió debajo de la cama. —¿Sabes? Eres afortunada —le dijo a Toni—. Tienes amigos.

Toni se quedó mirando a Leona fijamente. —Pero... tú también los tienes. Tienes muchos amigos. Todo el mundo hace lo que tú dices.

—No es lo mismo. Tú tienes una *verdadera* amiga. Meghan te defiende. Nunca habla mal de ti a tus espaldas.

"¿Leona está celosa de mí?", pensó Toni. "¡Ella es la niña más popular de la clase!".

—Bien, yo... —Toni no supo qué decir—. Tal vez tú y yo también podamos ser amigas. Si tan solo fueras un poco más... cómo decirlo... agradable.

Leona se quedó mirando a Toni pensativamente, e inclinó la cabeza hacia un lado. Luego, la expresión de su rostro se suavizó. —Supongo que podría intentarlo.

En ese momento, Meghan entró con Avery acurrucado en sus brazos. —¡A comer! —dijo con una amplia sonrisa.

Al llegar a la cocina, Toni se detuvo de golpe y miró a su alrededor. La mesa estaba repleta de cajas de pizza, botellas de gaseosas y enormes tazones de albaricoques y arándanos.

—¡Vaya! —dijo Leona.

Toni miró a su papá y le sonrió. ¡Había logrado engañarla todo el tiempo!

—¡A la mesa! —dijo la mamá de Toni—. ¡Coman antes de que Mortimer se despierte!

Al sentarse a la mesa, Toni oyó el "clic clic clic" de las garras de un ave sobre el piso de la cocina. "Demasiado tarde", pensó. Todo había ido tan bien hasta ahora. ¡Pero esto podría ser el peor desastre de todos!

Capítulo 12

¡Le caes bien a Mortimer!

Cuando Leona le estaba dando el primer mordisco a su pizza, Duke entró a la cocina con la banda elástica dorada colgándole de la boca.

—¡Duke, suéltala! —le ordenó Toni.

Duke soltó la banda sobre el regazo de Leona y fue a meterse debajo de la mesa.

Meghan se acomodó en su asiento y sonrió. Duke ocupaba tanto espacio que Leona tuvo que apoyar sus pies sobre él.

Leona sintió náuseas al levantar su banda elástica. Estaba empapada de baba. Iba a colocarla sobre la mesa, pero cambió de idea y la dejó caer disimuladamente junto a su silla. La banda cayó al suelo con un sonoro ¡plaf!

—Leona, siento tanto lo de tu...¡AY! —Toni hizo un gesto de dolor. Mortimer estaba trepando por sus pantalones con sus filosas garras y su pico puntiagudo.

Cuando llegó al individual de Toni, dio un bostezo, y estiró y batió las alas. Una pluma azul brillante rodó hacia la mesa.

—¿No te dejamos dormir? —le preguntó Meghan.

Mortimer la ignoró y caminó por la mesa hacia Leona.

Bruno se echó a reír. —¡Quién se hubiera imaginado! ¡Creo que Mortimer ha encontrado una nueva novia!

Mortimer se paró junto al individual de Leona y comenzó a balancearse de una pata a la otra.

Leona alejó su silla de la mesa y se cubrió con la mano el único arete que le quedaba. —¿Por qué está haciendo eso?

—Desea ser tu amigo —le dijo Toni.

Leona levantó las cejas y miró a Toni. —Pero se comió mi arete.

Mortimer se volvió de espaldas a Leona y, mirándola por sobre su hombro, desplegó las alas de su cola y las sacudió orgullosamente.

Meghan se echó a reír. —¡Le caes bien! ¡Está presumiendo!

Mortimer caminó hasta el borde del plato de Leona y movió la cola arriba y abajo.

—Le debes caer *muy* bien —dijo Bruno—. ¡Nunca hace eso conmigo!

Leona sonrió y acercó su silla a la mesa. Aún balanceándose de una a otra pata, Mortimer se inclinó sobre el plato de Leona.

—¿Qué quiere? ¿Mi pizza?

—Dale un trozo —le dijo Meghan, mientras se servía unos arándanos.

—¡Ni lo sueñes!

Toni respiró profundamente. —Es divertido, Leona —le dijo—. Inténtalo.

—De acuerdo. —Leona cortó un trozo de pizza y lo dejó sobre la mesa. Mortimer lo levantó con un pie y lo comió parado sobre la otra pata.

Luego de terminar su pizza, Mortimer se lamió el pie y miró fijamente a Leona.

—¡Le gustó! —Leona tomó una rodaja de pepperoni y la

colocó en la palma de su mano. Mortimer colocó suavemente una pata sobre el pulgar de Leona mientras picoteaba el pepperoni.

—¿Aún piensas que este lugar es raro? —le preguntó Meghan en voz baja.

—No es raro, Meghan. ¡Sólo es diferente! —dijo Leona, mirando a Toni con una sonrisa—. Mamá no me deja tener mascotas. Dice que... ¡oh!… —se sacudió el agua del brazo mientras Bruno sacaba a Avery de adentro de la pecera— …dice que hacen mucho lío —continuó diciendo, con una sonrisa.

Retiró una pluma azul de su plato, y luego le ofreció a Mortimer una tirita de queso derretido.

—Ojalá tuviera mascotas. Es divertido.

"Sí que lo es", pensó Toni, "¡aunque haya un ganso en la tina!".

De pronto, el papá de Toni se puso de pie y sonrió. —Casi me olvido. Tenemos helado. ¿Les gustaría después de la pizza?

—¡Sí, papá! —le respondió Toni.

—¡Yo también, por favor! —agregó Meghan.

Leona no respondió. Estaba muy ocupada alimentando a Mortimer con arándanos.

El papá de Toni se echó a reír y se sirvió una taza de café.

—Papá —le dijo Toni—. No olvides servirle café a Mortimer. —Y sonriendo, agregó: ¡Sabes que no puede prescindir de su café!

A message from the author:

If you enjoyed *Fiesta de pijamas en el zoológico*, I'd be incredibly grateful if you posted a quick review on Amazon. Even a review of only a few sentences is a great help! And if you have any questions, you can reach me at **brenda@brendakearns.com**. Thank you!

www.ingramcontent.com/pod-product-compliance
Lightning Source LLC
LaVergne TN
LVHW101955220826
846093LV00006B/231

* 9 7 8 1 9 2 7 7 1 1 0 9 5 *